ESSAI

SUR LA

SITUATION ET LA TENDANCE

DE LA SOCIÉTÉ FRANÇAISE

Ancienne sociabilité française. — Débris de la Monarchie. — Ce que c'est que l'Esprit des affaires. — Sa puissance à Venise, en Angleterre, aux États-Unis. — effets de son absence en Espagne et en Portugal. — Industrie française. — Les bureaux et la Démocratie. — Esprit individuel. — Défaut de cohésion. — Production territoriale. — Morcellement du commerce. — Emportement de la littérature et de l'art. — Affaissement de l'intelligence. — Mépris pour elle. — La Presse en France. — Ce qui lui manque et ses prétentions. — L'Aristocratie aux États-Unis. — Voies et moyens. — Résumé.

All the truth and nothing but the truth.
SERMENT DES JURÉS ANGLAIS.

ESSAI

SUR LA

SITUATION ET LA TENDANCE

DE LA SOCIÉTÉ FRANÇAISE,

PAR

Philarète Chasles.

(*Extrait de la Revue du XIXe Siècle.*)

PARIS,
IMPRIMERIE DE BOURGOGNE ET MARTINET,
RUE JACOB, 30.
1836.

L'ESPRIT DES AFFAIRES

ET

L'ESPRIT D'INTRIGUE EN FRANCE.

(Extrait de la *Revue du XIXe siècle.*)

Quand même la société serait à l'agonie, elle ne vaudrait pas qu'on vînt lui dire : *Vous expirez*. L'homme du Bas-Empire eût été mal reçu, s'il eût montré à ses contemporains la certitude de l'avenir dans les enseignements du passé. Toute société vieillie a des susceptibilités étranges. Allaitez d'espérances ces esprits crédules, c'est le seul moyen de leur plaire. Ouvrez-leur la perspective d'une jeunesse éternelle qui va naître après une adolescence disparue : telles sont les séductions qui flattent l'orgueilleuse faiblesse des peuples ; et les peuples paient leurs flatteurs mieux que les rois ne les ont jamais payés.

Il faut donc prendre son parti d'avance quand on a des vérités à dire, et que l'on est né à certaines époques. Il faut s'armer de précautions infinies. La philosophie semble prohibée, l'observation est mise hors la loi. Il s'engage, entre le philosophe et le public, une conversation que voici :

— Que cherchez-vous ? qu'aimez-vous ?

— La vérité.

— Elle n'existe pas.

— Les passions la voilent, mais elle vit.

— Chaque parti prétend la posséder. A quel parti tenez-vous ?

— Chaque parti possède un fragment de vérité, fragment isolé, incomplet, impuissant, qu'il tourne et qu'il exploite au profit de ses espérances ou de ses craintes, et qu'il annulle par ses crimes ou ses fautes ; c'est ce coin de vérité qui fait la vie d'un parti. Mais pour nous qui devons compte à Dieu de la pensée qu'il nous a donnée, pour nous, Prêtres de l'intelligence, il faut une vérité plus vraie, plus haute, plus complète ; la vérité totale ; masse lumineuse, source éclatante où chacun, selon ses besoins et ses caprices, va puiser un rayon qui fait sa force. C'est cette *vérité*, aimée de Descartes, de Vauvenargues, de Montaigne, de Bacon, que je cherche avant tout ; les hommes d'État qui l'aperçoivent sont seuls grands. Sa lumière pure les fait planer sur tous les partis, discerner leurs mensonges, excuser leurs faiblesses, encourager leurs bons vouloirs, et réveiller leurs vérités fragmentaires. Cette vérité est la plus noble et la plus vaste des sympathies.

Pour plaire à la France actuelle il faut lui répéter que son avenir est assuré, que rien ne lui manque, qu'elle marche fière dans une vie de progrès incontestable ; mais il faut surtout affirmer qu'elle entend les affaires, qu'elle est devenue industrieuse, commerçante, et habile. Je ne sais quelle femme d'esprit me disait : « De toutes les flatteries, les plus menteuses sont les meilleures. » Ne louez donc de la France, ni son merveilleux esprit, ni son audace, ni son génie militaire, ni ses œuvres d'art. Attribuez-lui les vertus d'organisation sociale, de stabilité, de fermeté, d'industrie persévérante.

— Elles lui ont toujours manqué.

Depuis long-temps l'esprit de sociabilité vit en France ; ce génie qui groupe et réunit les hommes pour leur commun plaisir, non pour leur utilité commune, fait naître une sorte de démocratie de l'amusement. Quiconque vous plaît est votre égal. La sociabilité mêle toute les classes, caresse les vanités, polit les intelligences, fait rouler doucement sur leurs gonds la conversation, l'intrigue, le monde. Le génie des affaires n'est pas cela. Il donne la richesse, étend les vues, multiplie les énergies sociales ; il fait converger vers un centre tous les efforts et toutes les puissances ; il crée l'esprit d'association ; il a des audaces calculées et irrésistibles ; il néglige l'amour-propre, il méprise les petitesses, il écrase la vanité ; il a un grand but, et ce but absorbe tout ; il n'est pas vertu, il s'accommode de l'égoïsme, jamais de la sottise et de la légèreté.

Le génie des affaires s'est développé grandiose à Venise, à Gênes, en Hollande. Appliqué jadis à la conquête par Rome, il a soumis le monde entier. Chacune de ses régions est devenue un fleuron attaché au diadème de la Reine universelle. Le génie des affaires a créé l'Angleterre ; les États-Unis n'auraient pas vécu trois années s'ils ne l'avaient hérité de leur mère.

Ce génie fait la guerre et le commerce ; il ne sait pas détruire, il sait fonder ; sa mission est vitale et organisatrice ; il est essentiellement conservateur. Sa fécondité jette au loin, même sur des ruines, les rameaux vigoureux d'une prospérité nouvelle ; il aime la propriété, l'acquisition ; il veut la puissance, il lui faut l'unité. Génie d'avenir et non d'improvisation ; d'ordre, non de trouble ; il procède par masses, non par ébranlements fortuits. C'est un génie positif, et qui s'inquiète peu d'abstractions. Il produit toutes les grandeurs. Examinez Venise pendant les dix premiers siècles de son existence, la Hollande depuis les premiers stathouders jusqu'à la ligue anséatique ; l'Angleterre sous le règne de la dynastie hanovrienne. Ces États développent l'individualité par l'esprit des affaires, et relient la communauté en une masse triomphante, qui marche de prodiges en prodiges.

L'esprit conservateur, le génie des *affaires* possède Venise : dès lors travail, persévérance, industrie, observation, économie, patience : on a des vices, mais ils ne tuent pas. Le pouvoir est brutal ; la nation se maintient grande et forte. Un autre génie, la conquête, la gloire, s'est emparé de l'Espagne. Là, esprit d'aventures, enthousiasme, héroïsme. L'Espagne meurt en un siècle et demi, la petite aristocratie vénitienne, pauvre de ressources, vit dix siècles. La grande monarchie des Philippes marche en deux pas du berceau à la tombe. L'esprit d'association, père du patriotisme, soutient Venise. Les croisés arrivent au bord de la mer, couverts d'airain et avides de conquêtes : ils ont besoin de vaisseaux. Les Vénitiens frètent les navires qui s'élancent sur l'Orient. L'Europe entière est forcée de compter avec les marchands négociateurs. Depuis l'an 446 jusqu'en 1490, le progrès est incessant, la splendeur toujours croissante. Venise prend la Dalmatie, fait flotter sur la moitié de Constantinople l'oriflamme du Lion de Saint-Marc, s'empare de la Morée, de l'île de Nègrepont ; ses flottes lui rapportent d'immenses trésors de toutes les parties du globe ; les principales villes d'Italie lui paient tribut, et ses marchands gagnent quarante millions par année : somme énorme pour l'époque. Est-ce l'esprit républicain qui la fait grande? Non, le mot *république* donné à Venise est une raillerie. Sous le joug d'airain de quelques nobles, le groupe social demeure puissant et compact. Les citoyens sont unis dans un même esprit. Une même âme enveloppe tous les rangs : une discipline forte les soumet à l'obéissance ; on ne cesse de resserrer ses liens. L'aristocratie ne pense qu'à cela ; elle va jusqu'au crime. Que Dieu la condamne ou l'absolve, l'histoire voit la beauté du résultat ; elle admire cette belle existence de peuple, guerrier, savant, poëte, artiste, commerçant, navigateur.

La mort de Venise ne prouve rien. Il a fallu que les nations musulmanes se jetassent sur les possessions vénitiennes du Levant ; que les chefs portugais Nuno, Tristan, Santarem, Pédro, Escovar, Pédro Dias, Vasco de Gama, détruisissent par leurs découvertes le commerce de l'Inde, par la Méditerranée, la mer Rouge et l'Euxin ; il a fallu que Christophe Colomb transformât le commerce du monde ; il a fallu le prodigieux accroissement des forces militaires de toute l'Europe, les guerres d'invasion en Italie ; enfin la ligne de toutes les puissances contre Venise par le traité de Cambrai, pour abaisser une poignée d'hommes, à peine trois millions. Avec quelle lenteur ce mouvement d'affaissement s'est-il opéré ! Pendant dix siècles, le même esprit a soutenu cette machine, dont le monde respecte le débris.

L'Espagne et le Portugal, au XVe siècle, sont maîtres du Mexique du Pérou, du Brésil, de Ceylan, d'Ormuz, de Goa, de Malacca. Quel empire, si ces conquérants eussent possédé le génie de conservation et de fondation! Ils savaient vaincre et non maintenir. A eux le glaive qui abat, l'audace qui tonne : il leur manque la persévérante habileté qui civilise. C'est un éclair seulement que ce pavillon glorieux du Portugal et de l'Espagne, en Afrique et en Asie, brillant depuis le Cap-Vert jusqu'à la Chine; un éclair dans l'histoire, car il meurt après cent cinquante années. Tout s'épuise en un siècle et demi. En vain absorbé, le suc de la moitié du globe est perdu, et l'Espagne s'en va. Philippe II emprunte à des orfévres. Le tombeau de la monarchie espagnole s'ouvre, les galions du Mexique y tombent et s'y perdent : elle avait méprisé l'esprit des affaires.

Un petit pays est situé dans des marécages et des sables stériles. Tous les fleuves dont l'embouchure se déverse dans la mer du Nord, la Meuse, le Rhin, l'Escaut, l'Yssel, le submergent tour à tour; il n'a pour espoir que ce génie social dont les Frisons ses ancêtres lui ont laissé la tradition et l'héritage; chacun se respecte comme homme libre, on se soumet volontairement à la loi suprême de l'État. Voici la mer à combattre, la pauvreté à vaincre, la nullité du sol à compenser. La nécessité du commerce se fait sentir, appuyé sur l'économie et la bonne foi. L'esprit des affaires germe et éclot, plus fécond et plus souverainement riche, plus merveilleux que l'esprit d'aventure et d'héroïsme. Les gouvernements le favorisent; les gouvernements suivent toujours la route que les peuples leur indiquent. A Middlebourg, en 1222, Guillaume Ier, comte de Hollande, accorde des franchises et des libertés aux commerçants. En 1241, la ligue anséatique est fondée; là fleurissent Amsterdam, Brême, Bruges, Hambourg, villes qui nourrissent dans leurs murailles une bourgeoisie habile à maintenir ses libertés. En 1476, un homme trouve le secret d'encaquer les harengs : on lui a élevé une statue; la reconnaissance de la Hollande ne lui devait pas moins. Jean de Witt affirme que ce procédé et la pêche du hareng ont contribué plus que toutes les autres choses à l'agrandissement et au progrès de la puissance batave. Elle occupait 450,000 personnes, 6,400 navires, et produisait 400 millions de francs. Rarement le talent d'acquérir et de conserver a été porté plus loin, sans éclat et sans prétention. Attaquée tour à tour par Philippe II, le duc d'Albe et Louis XIV, luttant contre la tyrannie de l'Océan et celle du grand roi; forcée de faire reculer la mer et de se battre contre le monde, cette petite aristocratie bourgeoise, qui s'est intitulée république, chasse les Portugais d'une partie de leurs colonies, disperse au XVe siècle les flottes espagnoles et anglaises, plus tard les flottes françaises; fonde les colonies les plus belles et les plus solides; envoie un de ses stathouders sur le trône d'Angleterre. Enfin, après mille pertes, ce petit coin de l'Europe est encore solide, compacte, puissant. Au XIXe siècle, lorsqu'une convulsion universelle a tout ébranlé, il lui reste Java avec neuf millions d'habitants.

Tel est cet esprit de conservation et de persévérance que, faute d'un mot parfaitement exact, j'ai nommé *esprit des affaires*. Il peut remplacer toutes les qualités, aucune ne le remplace. Pour durer, il demande la sainteté du serment, l'ordre, la bonne foi, la patience, la fermeté, les affections de famille, les principes fixes, les vertus privées. Dirigé, il change en qualités les défauts inhérents à notre espèce; il fond les intérêts privés dans un centre commun; il remplit les ports de navires et les manufactures d'ouvriers laborieux; il fonde le bonheur et la richesse de l'État sur le bien-être du citoyen, sur la paix du foyer.

Cet enseignement des annales humaines ressemble au corollaire d'un sermon. Mais veuillez réfléchir que le prédicateur, ce n'est pas moi, c'est l'histoire.

Quant à la France, le premier germe de son existence de nation, c'est le mouvement, c'est la gloire. Dans l'ancien monde, vous n'entendez parler des Keltes que comme d'aventuriers brillants. Leur glaive qu'ils agitent avec une redoutable ardeur, brille partout, et le fait apparaître, en Orient et en Occident, comme le plus remuant et le plus étourdiment brave des peuples. C'est le caractère gaulois. Le Gallo-Romain, modifié par vingt siècles, va, sous Bonaparte, aiguiser son sabre à la base des pyramides : c'est le fils du soldat de Brennus qui fait trembler le capitole, et ne le fait trembler qu'un moment. Facilité, rapidité d'esprit, promptitude de courage, ardeur d'imitation, le ressort le plus élastique et le plus puissant à se redresser après le malheur, sont-ce là des caractères qui aient faibli dans la Gaule? Malgré les affiliations de ces diverses Gaules du Nord et du Midi qui sont venues se grouper par la conquête autour du pays central, n'est-ce pas le même pays? Aller en troupe; vivre avec les autres, par les autres et pour les autres; être plus sensible à l'honneur qu'à la fortune, plus sensible à la vanité qu'au pouvoir, ce sont encore là des éléments primitifs et ineffaçables. Consultez l'histoire. Nous devenons Romains avec une flexibilité merveilleuse, comme les Russes sont devenus Français. Nous voici orateurs romains, poëtes romains. Ce que nous empruntons, avant tout, à nos maîtres, ce n'est pas leur discipline, mais leur élégance, leur obéissance, leur éloquence, leur poésie. Bientôt le christianisme sème parmi nous les douces charités; le charme de la vie sociale augmente. L'irruption germanique place sur le pavois la puissance de l'épée; nulle place pour l'esprit des affaires. Ainsi croît une sociabilité guerrière, facile et gaie, dont les premiers efforts se révèlent dans la naïveté de nos chroniques et dans l'ironie de nos fabliaux. L'intelligence est représentée par le clergé civilisateur. Activité incessante, admiration filiale pour Rome ; enthousiasme pour ce qui se meut en étincellant ; ces sentiments s'infiltrent dans la société française. La chevalerie, sérieuse ailleurs, devient pour nous une charmante et délicieuse parade ; la gentilhommerie, un titre agréable à porter. Dès l'époque des croisades, les seigneurs mettent leurs châteaux en gage ; au XVIe siècle, François Ier dépense tout en beaux costumes, et n'a pas de quoi payer sa rançon ; sous Henri IV, les comtes vendent leurs biens et portent *leurs métairies sur leurs épaules*, comme dit Fœneste. Sous Louis XIII, la gravité espagnole nous donne sa courtoisie, sa galanterie, ses romans dramatiques et son drame romanesque. Le même génie s'agrandit sous Louis XIV. Époque merveilleuse pour l'esprit français ! Alors tous ses éléments anciens acquièrent un degré magnifique d'intensité et d'éclat. La sociabilité devient noble et imitée admirablement de l'art romain et grec ; l'intelligence est en honneur, le clergé obtient pour récompense de ses vieux travaux ce pontificat dont Bossuet est le roi ; les monuments satisfont la vanité nationale, les défaites mêmes se parent d'une teinte généreuse, qui console un peuple facile à consoler. C'est l'extension complète et splendide des qualités et des défauts semés par les siècles dans le corps social français. Soyez donc fiers de ce développement tout français qui s'est opéré sous Louis XIV, vous qui, en naissant, avez respiré l'air de France sous les bords de la Loire, de la Seine, du Rhône ou du Var.

Quant à la bonne gestion des finances, au progrès de l'industrie, au développement de l'esprit conservateur en France, je les cherche inutilement. Des efforts partiels et des élans peu soutenus semblent trahir chez une nation si brillante peu d'aptitude à ce genre de succès modeste. L'histoire financière de la France se compose d'une série de spéculations insensées. En vain Louis XIV et Colbert prétendent faire naître l'industrie. Le grand roi lui dit : Lève-toi ! L'industrie se soulève lentement : elle ignore ses premières conditions. Fille de l'indépendance, elle essaie ses forces dans la servitude ! Colbert la soumet à l'esprit réglementaire. Entourée de cette protection tracassière, les dragonades, l'invasion de la Flandre, la guerre de la Succession, la corvée, les levées d'hommes, la folle révocation de l'édit de Nantes, la prodigalité du roi, l'étouffent au berceau.

Il y avait alors une secte sévère et persécutée : secte morale comme toutes les sectes persécutées ; active et industrieuse comme on l'est après les épreuves du sort et devant les menaces de l'avenir. Les protestants avaient créé partout des foyers d'industrie ; ces foyers acquéraient de la puissance, car l'industrie prospère par la moralité. La révocation de l'Édit de Nantes anéantit tout. Cinquante mille fabricants et ouvriers quittent la France ; noyau d'une population industrielle qui fait aujourd'hui la prospérité de l'Angleterre. Frédéric II vous dira que cet acte fit la richesse de la Prusse. Pas une ville industrielle de la Grande-Bretagne que n'ait fécondée la faute de Louis XIV. Les émigrés portaient ailleurs richesses, capitaux, travail, intelligence, industrie acquise, tous les éléments de la fortune.

Le régent apparaît, suivi de Law, qui semble remuer dans sa poche les trésors du Pérou. L'industrie veut renaître; des sociétés de colonisation se forment; la compagnie des Indes expédie ses galions. Le gouvernement est victime et compère du jongleur qui se dupe en dupant les autres. La rue Quincampoix absorbe les pistoles du marquis avec la pièce de six livres du boutiquier. Martingale universelle, le système ou l'anti-système triplent les fortunes ou les ruinent sans ressources. Le Missisipi et Chandernagor servent d'enjeux à ce pharaon effréné. Où étaient l'industrie et l'esprit des affaires? Dans les salons du régent et dans les antichambres de Law.

Cependant l'Angleterre fonde son crédit; Guillaume III consacre les libertés des corporations; la compagnie des Indes jette les filets de sa conquête; Guillaume Penn colonise l'Amérique. Pendant qu'on racolle en France pour jeter en Amérique les immondices sociales, Penn, réduit à ses propres ressources, entouré d'hommes de choix, riche de convictions profondes et d'un cœur religieux, crée un monde nouveau, le monde que Christophe Colomb n'avait fait que découvrir.

Les sages enseignements de Turgot furent inutiles, ainsi que les spéculations de Quesnay. Sous un roi égoïste, les lois rigoureuses de l'ordre, de l'économie, de l'accumulation, de la combinaison des richesses et du travail, ne pouvaient rien. Les philosophes destructeurs du XVIIIe siècle, Voltaire, Diderot, d'Alembert, ne songent qu'à renverser ou à dissoudre ce monde pourri : 1789 et 1793 justifient leurs prévisions et répondent à leurs efforts. Les quatorze armées de la république, le maximum et la guillotine, ne devaient pas créer une industrie florissante; cependant tous les capitaux reçoivent une application nouvelle; les spoliations tournent au profit d'hommes énergiques; on entrevoit quelque apparence d'industrie; le directoire et les assignats la dévorent.

Bonaparte se montre; il croit se soutenir par la guerre, la guerre le tue. Pitt et Napoléon soumettent l'industrie à de rudes épreuves; elle ne succombe pas; mais quelle est sa marche dans les deux pays? Napoléon, en la privant des ressources de l'extérieur, la force à subvenir par des moyens artificiels à tous les besoins de la France. Pitt, en décuplant les impôts, oblige la Grande-Bretagne à produire outre mesure, mais à assez bas prix pour que les provenances anglaises puissent envahir tous les marchés : problème difficile que Berthollet, Chaptal, Darcet, Fourcroy, Monge, Lavoisier, ne résolvent pas en France, tandis que Watt, Arkwright, Davy, le résolvent en Angleterre. Pendant quinze ans, même opiniâtreté chez les deux maîtres du monde; pendant quinze ans, l'industrie anglaise remplit avec une précision surprenante le rôle difficile qu'on lui avait assigné, et tandis qu'au retour de la paix, l'Europe consternée jette un regard d'effroi sur les immenses richesses que la lutte a dévorées, l'industrie de l'Angleterre s'occupe à créer de nouvelles ressources pour réparer tant de désastres.

Elle y parvient. Par elle seize milliards sont payés pendant le conflit; d'elle, toutes les armées de l'Europe reçoivent nourriture, solde, armes, munitions. L'industrie anglaise avait pour atelier le globe, pour marché les cinq parties du monde. L'industrie française était enfermée dans une boîte de coton, protégée de toutes parts par des lignes de douane. Si le système continental développa l'esprit inventif des chimistes, il oblitéra l'esprit des négociants. Comment pouvaient-ils concevoir de grandes entreprises, spéculer sur les produits du nouveau monde, établir des marchés au loin, combiner des spéculations hardies, eux, accoutumés au système facile des licences, c'est-à-dire à la permission de faire entrer ou sortir les marchandises prohibées? Une licence faisait la fortune d'une maison de commerce, c'était un brevet de monopole. La restauration, à quelques exceptions près, continue le système continental, et cette habitude de protection, de primes d'encouragement maintient nos hommes d'affaires sous la lisière et le bourrelet. Imprévoyance, timidité, inhabileté : la plupart du temps on établit des usines sans songer à faire un chemin pour expédier les produits, sans songer si des débouchés se trouvent dans les environs. Nous avons une banque dite de France, qui sert spécialement les privilégiés de Paris. Lyon, notre deuxième ville, a établi une banque l'an dernier, au capital de 2,000,000 fr. : création timorée pour cette ville, qui, en 1500, possédait une banque de plus de 4,000,000 fr. de capital. Marseille a suivi la même route.

Tels sont les faits que l'on peut recueillir sans beaucoup de peine à la surface de l'histoire. Ils ne condamnent pas notre passé, qui fut tout entier de gloire, de guerre, d'héroïsme et de plaisir, mais ils l'éclairent. Cet belle monarchie aboutit à la banqueroute. Dès 1773, la ruine est inévitable. La France croule, comme Jean-Jacques l'a prévu, Jean-Jacques, accusé de folle misanthropie par toutes les crédulités frivoles. Comment s'est-elle débattue dans l'abîme? Énergique et souple, elle a repoussé de ses bras nus et sanglants toute l'Europe, créant un nouveau monde, insultant les rois qui voulaient l'insulter, changeant sa défense en attaque, et poussant sur les cadavres des peuples son char de liberté et de vengeance : dernier prodige de la France épuisée.

Aujourd'hui, où sommes-nous? Le vide de la guerre et de la gloire se fait sentir : la fortune militaire a ses chances que le sort s'est chargé de nous apprendre. On cherche à se reconnaître, et la fatigue est inouïe. Fusion de tous les états, chaos de toutes les situations, amalgame de toutes les idées, destruction de tous les principes, anéantissement des bases sociales, mort des convictions, ennui profond et universel : c'est la France. Cette vie morale est une agonie. Étonnez-vous donc si tant de désespoirs éclatent, si mille voix haletantes retentissent douloureusement.

Ces cas de détresse émanent de toutes les classes de la société. Je ne les invente pas, je les répète avec la fidélité de l'écho. Prétendrez-vous qu'un historien sévère est un misanthrope, et un chroniqueur fidèle un accusateur public? Il est évident et irrécusable que la société manque de centre et de point d'appui. L'individualité règne. Aujourd'hui, chacun se pose centre, quand il peut et comme il peut : à peine une individualité triomphante est-elle parvenue, soit par la richesse, soit par le crédit, soit par le bruit, à réunir autour d'elle quelques autres individualités qui forment groupe; à peine ces dernières se sont-elles imbibées de ses principes, une fois leur apprentissage fait, elles se détachent de leurs planètes pour se faire centres à leur tour. Elles appellent cela de l'indépendance : c'est de la dissolution. Il y a liberté aussi, quand les éléments du cadavre s'éparpillent dans le tombeau. On trouve la spécialité partout; partout de petits centres sans force, sans puissance, sans grandeur, sans attraction suffisante, sans domination étendue, sans vigueur propre, sans rayonnement énergique.

A ce malheur se rattache le génie dévastateur de l'opposition critique, sans autre but que la critique. Il n'y a pas d'esprit léger ou faible qui ne critique, selon sa portée, l'esprit le plus vaste et le plus fort. La capacité de critique et de dénigrement est commune et vulgaire comme la poudre des chemins. La capacité d'union et de centralisation n'est nulle part. L'acide qui dissout coule à torrents dans toutes les veines, dans tous les pores du corps social; l'élément vital, le foyer central, la force qui soutient la masse qui constitue l'ensemble, je les cherche inutilement. Grande négation, vaste suicide; mille volontés se tiraillent, se confondent, se combattent et s'annulent. Tout le monde dit que cela ne peut durer ainsi; que la société ne peut continuer de vivre de cette manière, et elle continue de mourir.

Certes, il faudrait un ferme courage et une robuste confiance pour nier la crise du monde moral.

S'est-il élevé depuis quinze années un seul centre politique, littéraire, intellectuel, moral, qui ait eu la moindre solidité? Où sont les grandes entreprises? où sont les grandes choses? où sont les théories adoptées? où sont les écoles durables? Chaque nouveau point d'attraction n'apporte avec lui qu'une vitalité fugitive; il sort de terre, il se pose, il appelle à lui le monde entier. C'est un nouvel axe sur lequel la société va rouler : toutes les vanités sont invitées à le servir, tous les ntérêts à le secourir. On l'environne, on le presse, le désir devient espérance. On salue avec joie le nouveau ciment qui reliera la société! Chimère! Deux années seulement, et le colosse s'aplatit, le géant disparaît, la gigantesque bulle de savon s'évapore : oublié, perdu, il n'a pas même de nom dans la liste des fugitives hérésies de l'esprit humain. A une autre hérésie passagère, le droit et le plaisir de bercer encore d'espérances ce vieux monde qui se croit enfant! La procession des espérances que nous avons vu périr formerait une longue farandole. Systèmes éteints, théories avortées, chefs-d'œuvres promis et perdus, je vous salue! Honorables cadavres de régénérations infaillibles, salut, ô morts!

Une thèse qui se tienne debout, un système avoué qui groupe cent hommes, un catholicisme vivant, un protestantisme vivant, un républicanisme vivant, un drame vivant, une théorie qui ne soit pas un squelette, une opinion qui soit complète, une nuance qui ne soit pas indécise, une lumière qui ne soit pas vacillante ; qu'on me les montre, je me retracte. La multitude des remèdes prouve la difficulté de la guérison.

Je ne sais si je dois aborder les symptômes littéraires. Combien de gens vont croire que je défens une littérature morte aux dépens d'une littérature vivante. Mais voir, n'est pas attaquer? Cette littérature est ce qu'elle doit être. Sa poésie devient extérieure, sensuelle : elle frappe l'œil et les sens; elle reproduit des formes, groupe des draperies, fait contraster des couleurs. En choisissant des teintes chaudes, en multipliant la saillie et le relief, elle sollicite l'attention physique. L'histoire aussi se fait matérielle. Chaque jour elle tend plus directement et plus exclusivement à recueillir des documents sans philosophie, sans lien, sans point de vue; et l'histoire, sans philosophie, empilant des archives, que sera-t-elle? une greffière édentée.

Cette littérature, il ne s'agit pas de la maudire, il faut la comprendre. Les reproches qu'on lui adresse sont inutiles et faux. On se surexcite parce qu'on est faible. Si la société augmente par des lectures ardentes la somme de sa vie intellectuelle, est-ce un crime? Non, c'est une nécessité; elle s'ennuie. L'intelligence publique est une *mangeuse d'opium*. Il lui faut un monde au-dessus ou au-dessous du monde, une ivresse peuplée de fantômes. C'est une jouissance toute matérielle que cette titillation et cet érétisme de la pensée ; on se livre éperdûment à cette volupté âcre dont certaines lectures pénètrent toutes les cavités du cerveau, excitent ses lobes, saturent ses replis, et l'enivrent pour l'abattre ensuite. Des talents réels, quelques uns virils, se laissent entraîner au cri public ; l'excitation dont tout le monde est avide, ils la donnent; voici le poison que l'on aime et qui tue. Je ne pense pas, comme le *Quarterly Review*, que les écrivains soient responsables d'une seule des immoralités qui peuvent se commettre. Ils servent le siècle et ne le font pas. C'est sottise de l'accuser avec colère, niaiserie de se plaindre et de pleurer; mais il ne faut pas le subir sans le voir.

La dernière religion qui subsiste dans les civilisations qui s'affaissent, c'est celle de l'intérêt. On peut effacer tous les codes et poser en système le vol et l'assassinat, comme à Sparte, ou l'inceste, comme en Perse. On peut encore, avec ce bon marquis d'Argens, prouver l'immoralité et la scélératesse du Christ. Mais vous ne persuaderez jamais à l'homme que l'argent, qui représente toutes les jouissances, ne vaille rien.

Imaginez une société bien fatiguée d'elle-même, dont les principes sont ébranlés, et dont les autels sont en poudre; elle a du mépris pour tous les dieux, mais elle respecte le *Veau d'Or*. L'intérêt, voilà la croyance définitive de l'ordre social. Exploitation; fortune; le pouvoir même ne s'acquiert que par l'argent, puisque la propriété est la seule route vers les hautes positions politiques. C'est une matérialisation et une poussière infinie : battue comme le blé sur l'aire, par un immense fléau, la société, sable friable, se compose d'individualités sans cohésion qui cherchent leur intérêt propre. Cela ne peut être autrement. Rien n'est lié; rien ne se tient. Suspendus dans le vide entre un état de mœurs détruites et un état de mœurs qui demandent à se former; nous cherchons le remède, nous courons après l'esprit des affaires. Mais le possédons-nous? Une formation de Cabinet est chose presque impossible, et l'on ne peut grouper trois hommes pour leur donner le pouvoir. Il n'y a pas d'affaires sans stabilité. Comment nous fier à la stabilité de ces institutions qui tremblent? Elles ne permettent à personne de se lancer dans les opérations qui ennoblissent le trafic et font du négoce une politique grandiose. L'inquiétude des esprits ne désire pas même le repos; on a besoin d'être bercé par l'orage. Ce terrain mobile semble une fatigue nécessaire; on se plaint, on s'ennuierait s'il cessait d'être mobile. On arrive à ce résultat, que toute révolution est nécessairement bonne et louable. On va livrer la patrie en proie à ceux qui attendent. Ainsi l'armée du mécontentement grossit; elle harcèle l'armée des possesseurs. Tout homme qui possède plus est considéré comme l'ennemi des hommes qui possèdent moins : nulle raison pour que le grand combat se termine ou s'apaise. Le sentiment de l'égalité, chez un peuple vain, contrarie le besoin d'acquérir chez un peuple qui veut jouir vite. Pour amener une égalité réelle, il faudrait détruire l'ardeur de la distinction; pour donner aux prolétaires la faculté d'acquérir, il faudrait leur apprendre à ne pas chercher la sensation de chaque jour, la jouissance de chaque moment qui, absorbant le gain, détruit l'avenir. Voici quatorze théâtres à Paris, et le plus grand nombre destiné aux classes inférieures ; et que leur apprennent ces théâtres? Quelle surexcitation ils ajoutent à l'excitation générale! Quelles leçons d'aventure, de gain rapide, de liaisons voluptueuses donnent ces théâtres! De quelles espèces de lumières pénètrent-ils l'ouvrier en blouse et l'apprenti aux bras nus, que Robert-Macaire amuse, et qui voient jeter, des secondes loges dans le parterre, le gendarme malencontreux, pauvre représentant civil de la morale publique?

— Laissez ces discours aux prédicateurs, peut-on me dire. — Qu'il me soit permis de répondre que je ne monte pas dans la chaire sublime de l'homme qui endoctrine et qui prêche, et que j'aime à garder la place modeste de l'homme qui voit et qui raconte. La morale n'est que l'idée du devoir, et elle se mêle à tout. Nous aurions beau renfermer nos pensées dans le monde matériel, partout nous apercevrons le monde moral qui pèse sur lui, qui le domine, qui le modifie, qui l'embrasse. Admettons la nécessité de l'industrie vers laquelle tous les regards se tournent comme vers un port de salut : nous serons forcés de reconnaître que son développement trouve dans nos antécédents, même dans nos qualités anciennes, de graves obstacles. Elle ne peut nous conduire à la fortune, individus et peuples, que sous certaines conditions morales ; la France les possède-t-elle? c'est le problème.

« Le travail suffit (prétendent les économistes); que l'homme produise, c'est assez. » Non, non, cela n'est pas vrai. Une population d'ouvriers sans principes constitue une population de machines furieuses. Le travail matériel exerce une action abrutissante, s'il n'a pour modérateurs l'esprit de famille et le respect de la dignité personnelle. Pensez-vous que ce ne soit rien, qu'un Ouvrier? Dans une société industrielle, c'est tout. Il faut du courage pour accomplir cette carrière sans gloire, sans éclat, dont les résultats passent inaperçus. Vous vantez les travaux et les faits d'armes des héros romains, l'abnégation de quelques martyrs : voici une résignation de toute la vie, une abnégation continuelle, non pas de quelques individus, mais de millions d'hommes. Leur vie est perpétuellement en question ; il faut travailler ou périr. Gare à celui qui s'écarte des rangs! malheur à qui se détourne du chemin! la roue tourne et le broie. L'industrie, que vous croyez paisible, se montre inexorable et conquérante dont les victoires coûtent du sang ; chacune de ses évolutions agrandit les ressources des populations à venir ; mais chacune d'elles engloutit la génération présente. Toute population industrielle a besoin d'une moralité spéciale et d'un héroïsme particulier. Chaque pas en avant est un danger pour elle. On invente *la machine à vapeur*, *le Mull-Jenny*, les *métiers à tisser* mécaniques ; la production manufacturière de la Grande-Bretagne est centuplée. Très bien : mais que de larmes ces inventions font couler ! que d'existences détruites! que de bien-être anéanti dans les chaumières où ces industries s'exerçaient ! quel sinistre pour l'ouvrier ! Il ne peut échapper à ces revers qu'à force d'économie, de moralité, d'énergie.

Imaginez donc des artisans qui vivent au jour le jour, des ouvriers prodigues, des filateurs ivrognes; voilà une armée d'ennemis vigoureux, affamés et frénétiques. Si l'industriel se relâche, s'il se montre imprévoyant; s'il ne met à profit le vent qui enfle sa voile, s'il se néglige, n'épargne pas, vit pour le présent et pour la jouissance, sa ruine est certaine; un concurrent, une invention, une mode nouvelle, l'anéantissent. Voici quelques exemples. Les cordons de souliers substitués aux boucles d'acier enlèvent le pain à six mille ouvriers de Birmingham; *les tondeuses hélicoïdes* produisent les mêmes effets. En étendant les ressorts de l'industrie, le génie créateur ôte le pain à ceux qui l'exercent. Pas de faiblesse ; une seule faute, l'ouvrier la paie de la vie ; elle le frappe de dégradation morale, et la patrie est bien plus punie que lui. Il devient son ennemi ; elle le châtie, il se venge ; elle l'écrase, il corrompt ses enfants et ses voisins ; au premier jour d'émeute, il se lève et tue. On le tue à son tour. Mais il laisse derrière lui une race solidaire de ses fautes et de ses angoisses, de ses vengeances et de ses animosités implacables. Ce levain de haine fermente dans les capitales. La justice accomplit son œuvre. Les capitales se dégorgent dans les bagnes; ces derniers se dégorgent à leur tour dans les campagnes et dans les cités. Le criminel rapporte au sein d'une société déjà malade la poésie du forçat, la gloire du bandit et le drame des argousins. Le bagne déteint sur la société; il lui rapporte son argot comme élégance de langage; il fait de nouveaux élèves et les recrute dans les classes supérieures qui s'ennuient : misérable échange de vice et de malheur. Avant de dire que je calomnie mon époque, il faudrait se souvenir des scènes de prison et de bagne que la publicité nous a révélée. L'autre jour les Anacréons de Bicêtre et les Tyrtées du carcan chantaient la gloire, l'amour et la liberté en strophes que tous les journaux ont reproduits.

Une société qui veut avoir l'industrie pour base ne peut se payer d'une moralité sévère. Le marquis et le lieutenant de carabiniers peuvent être imprévoyants et légers sans danger pour l'État; un ouvrier immoral est le plus infortuné des êtres; il est fléau, bourreau, et victime. Il faut que l'ouvrier gagne peu et économise pour les temps de maladie, qu'il vive mal, et qu'il maintienne l'énergie de son corps et de son âme. Santé débile, conduite vicieuse, le jettent également dans l'abîme. Sous les latitudes méridionales, il faut plier ses passions du climat, sa paresse profonde, son ardente indolence, à cette vie d'horloge, à ce calcul perpétuel dont le moindre faux mouvement devient une calamité; comment y parvenir?

La façon de mille épingles se paie quelques centimes, et chaque épingle passe par vingt-cinq mains différentes. Un compositeur d'imprimerie reçoit 50 centimes pour placer et déplacer mille lettres, et pour corriger les fautes qu'il commet en les combinant entre elles; sa main doit exécuter six mille mouvements dans une journée, et sa tête est obligée de concevoir à la première vue douze cents combinaisons différentes. Que cette tête s'appesantisse par l'abus des liqueurs; que cette main tremble sous la fièvre de la débauche; que l'émeute l'enlève à son atelier; l'habitude se perd, l'agilité des doigts disparaît; cet homme est perdu. Chaque vice moral entraîne un vice physique correspondant; chaque vice physique est une incapacité; chaque progrès industriel rejette une masse d'ouvriers dans le néant. A mesure et en proportion des progrès de l'industrie, la force morale doit donc augmenter, devenir plus énergique, le lien social plus puissant. Je demande ce qui arrivera, si l'industrie s'accroît et que le lien social se relâche; si le besoin de la production est immense et la force morale nulle?

L'Angleterre elle-même a de la peine à lutter contre les forces productrices qu'elle met en jeu. Ce problème difficile n'a été résolu que par certaines populations placées dans des conditions spéciales; par les ouvriers du Locle, de la Chaux-de-Fonds ou des forêts de la Franconie, riches de peu, industrieux, énergiques, jouissant de la nature et de l'industrie. A Manchester, l'industrie se montre dévorante et brutale; l'usage des liqueurs fortes est la seule consolation de ces misérables que le labeur frappe de torpeur et d'animalité. La mortalité de Manchester est de un sur quarante-cinq individus, tandis qu'elle n'est que de un sur cinquante-huit pour la totalité de l'Angleterre. Copper, dans les recherches sur les populations manufacturières, avoue qu'on ne peut rien concevoir de plus hideux que le peuple de Manchester: l'ivrognerie, la malpropreté, le vice, y déciment la vie par coupes réglées. Quiconque a traversé Lyon n'a pas vu sans pitié le rachitisme de sa nation ouvrière, nation infortunée et courageuse, qui signale par une explosion de fureur et des coups de fusil chaque nouveau mouvement commercial; c'est-à-dire chacune des phases qui lui arrachent le pain de ses enfants.

Je montre la question sous toutes ses faces, j'aborde tous ses écueils; ces faits n'attaquent pas l'industrie elle-même, ils la présentent telle qu'elle est, avec ses misères et ses périls. Plus la loi donne de liberté à un peuple, plus il a besoin d'une sévère discipline; plus il prétend à la richesse, plus son travail doit être intelligent et moral. Que l'on finisse donc par comprendre l'inutilité des théories et la sainteté du devoir. Un commerce sans patience et sans persévérance, une politique sans prévoyance et sans cohésion, une industrie sans moralité populaire, sont mpossibles. Nous voulons conquérir la supériorité industrielle; voyons ce qui nous manque pour l'obtenir. Le Nord fournit plus aisément que le Midi les héros de cette conquête. L'homme du Nord est un homme de combat; en face d'une nature âpre, souvent triste, monotone, cruelle, il s'assouplit à cette vie réglée, économe et forte; il est religieux, il se résigne; il est prévoyant, il économise. Les ouvriers de l'Angleterre possèdent un capital de 300 millions de francs dans leurs caisses d'épargne; en France, nos ouvriers ont à peine 60 millions de francs ainsi déposés.

L'ouvrier français est plus actif, plus prompt, plus adroit, plus intelligent, mais plus étourdi et plus distrait. L'ouvrier anglais ne perd jamais de vue l'œuvre qu'il veut accomplir; il est attentif avant tout, il *est à son affaire*. L'ouvrier français se montre plus *monsieur;* l'ouvrier anglais est moins pimpant et moins faraud. Qu'en résulte-t il? En Angleterre, tous les ouvrages aux pièces, qui se font également aux pièces en France; sont payés un cinquième, un quart, un tiers de moins qu'en France; et à la fin du jour, l'ouvrier anglais, malgré cette infériorité de prix, a toujours gagné plus que l'ouvrier français; c'est ce qui a été observé par les statisticiens des deux pays,

Chez les terrassiers qui travaillent à la toise cube,

Chez les imprimeurs en taille douce qui impriment à tant la pièce,

Chez les fileurs de coton qui filent à tant la bobine,

Chez les ouvriers en poterie qui font des vases à tant la pièce,

Chez les cloutiers qui font des clous à tant le mille.

Voyez ce que peut une activité soutenue, patiente et habituelle. Une demi-seconde gagné par mouvement assure la prééminence d'une branche d'industrie, fait triompher un pays d'un autre pays, crée des milliards pour l'avenir et des millions pour le présent. Une fraction imperceptible de la durée; un point du temps; une qualité légère; un peu d'attention et de patience; voilà tout. Avant de créer les industries, il faut créer les habitudes. Un pays se jettera-t-il dans la lice des affaires sans avoir toutes les capacités requises? Un roi lui dira-t-il: « Sois industriel; fais le commerce? » Si l'éducation des affaires lui manque, six générations n'y suffiront pas. Que le roi Othon demande ce génie à ses Klephtes; que dona Maria exige cette patience de ses Portugais; que dona Isabelle veuille faire passer par ces fourches caudines du labeur industriel, l'indolence de ses Espagnols; vous verrez!

Les antécédents de la France l'ont conduite à la guerre et à la gloire. Il lui reste beaucoup à faire pour que son éducation politique et industrielle s'accomplisse. Non seulement il faut qu'elle jette une nouvelle sève de moralité dans les rangs de ses ouvriers, et qu'elle leur apprenne à protéger leur bien-être par la prudence, la patience, le respect du devoir, la discipline et l'amour de la famille ; mais il faut que les membres des classes moyennes et supérieures parviennent à se faire une idée plus exacte de l'art de se gouverner soi-même, de ce qu'ils doivent à l'État et de ce que l'État leur doit. C'est chose vraiment curieuse, et l'on pourrait dire ridicule, si elle n'était triste, que l'indépendance des discours chez la plupart des hommes, mêlé à la dépendance des actes ; et l'acharnement de la critique allié à la passion pour les faveurs. On ne doit pas craindre de répéter à la nation la plus généreuse de l'Europe, que cette alliance est sans dignité. Mieux vaudrait respecter la Hiérarchie, et ne rien demander l'État ; mieux vaudrait ne solliciter aucune faveur, et traiter avec plus de ménagement les pouvoirs. Cela serait moins servile et plus loyal.

Madame de Staël rapporte que Bonaparte, en devenant consul, fut épouvanté de la cohue de solliciteurs qui encombraient ses antichambres. Il vit dès lors que le despotisme était facile et que la France lui appartenait. Il a favorisé cette tendance, et opéré l'amortissement des hommes et de leur capacité réelle au moyen des bureaux. C'est la principale espérance d'une multitude de familles. — Mon fils sera employé ; il aura une place. — Mais cette place, ce n'est pas la liberté, ce n'est pas l'activité, ce n'est pas le travail. Dans ces casernes de la plume oisive, se trouvent beaucoup d'hommes honorables ; cependant le plus détestable pli que l'âme puisse devoir à une monarchie absolue, c'est la dépendance absolue ; et là, elle vient se combiner follement avec les idées d'égalité, de jalousie, de détraction et de critique que l'état social actuel nourrit et suscite. Les yeux restent fixés sur ceux qui possèdent davantage ; l'envie, la haine, l'inquiétude, augmentent ; il faut vivre, les enfants naissent ; on s'immobilise, on se tait, on courbe une tête mécontente sous un joug que l'on a soi-même accepté. Avec une opposition sourde dans le cœur, un petit revenu à conserver, une jalousie permanente, une critique secrète et une dépendance nécessaire, voyez combien les caractères se faussent et s'altèrent. Je ne parle pas ici des individus, mais des masses ; c'est le résultat de l'institution même que j'analyse.

Napoléon se présente à la pensée dès qu'on s'occupe de la France ; mais ne parlez pas des formules administratives de Napoléon ! Son génie mérite respect ; la vérité est plus respectable. Il a invité tous les Français à venir s'abreuver à la source commune de ses faveurs ; il a entouré le pouvoir d'une armée de commis, suivant l'exemple du Directoire, qui offrait à quiconque voulait entrer dans ses bureaux et se taire, du pain et du vin. Le cri simultané de trente ou quarante mille plumes administratives va labourant le papier à travers toute la France, donnant pour résultat des protocoles. L'œuvre exécutée par vingt personnes, deux personnes la feraient aisément. On a beaucoup ri, mais inutilement, de cette armée à Plumes occupée à formuler des correspondances et des registres : il faut qu'elle accroche son chapeau, qu'elle taille sa plume, qu'elle se pétrifie devant sa table, qu'elle tire des millions d'écus du sein de l'État, et lui rende une masse de tautographies sur papier tellière. Les ponts et chaussées, les mines, quelques autres administrations, échappent à ces reproches. Comment déraciner une telle habitude, celle de donner toute sa vie, d'inféoder toute son existence, de rédiger des circulaires, et d'attendre paisiblement la retraite?

Je concevrais un tel système à Vienne, où toute pensée de critique exercée contre le pouvoir est un parricide que la loi frappe. Mais là où l'opposition passe pour la vie commune et normale d'un bon citoyen; en France, où l'on aurait presque honte d'avouer que l'on penche pour l'autorité, cette anomalie est flagrante. Chacun ne sachant pas se pourvoir soi-même, espère exploiter, non pas le sol, non pas l'industrie, non pas le commerce, mais le Gouvernement. A entendre les citoyens, le Gouvernement est le débiteur universel. On se rue sur la moindre place. Il y a dix solliciteurs pour un emploi, ce qui constitue neuf mécontents lorsque l'emploi est donné. Tout en protestant de son indépendance, on n'attend rien de soi, mais seulement d'un gouvernement que l'on attaque. La France compte un million de places grandes et petites. A dix hommes par place, c'est une armée de dix millions de solliciteurs, escortés de leurs femmes, de leurs enfants, de leurs pères, le placet à la main; neuf millions de mécontents inévitables, les uns furieux, les autres prêts à le devenir! Plus du tiers de la France qui sollicite; plus du cinquième frémissant de rage? La France va-t-elle ressembler aux républiques de l'Amérique du Sud? Le Mexique, dont les généraux tacticiens n'ont pu résister aux bandes du Texas, compte cinq cent cinquante-trois généraux, dix-huit cents colonels, et douze mille capitaines, lieutenants, sous-lieutenants ou enseignes. Le chiffre effectif de son armée ne dépasse pas dix mille soldats.

Il vaudrait mieux, je le répète, que chacun, ayant le sentiment de sa puissance personnelle et de son individualité, choisit pour point d'appui une activité bien entendue! Personne alors ne se plaindrait du gouvernement. Forcer un mauvais gouvernement à bien faire est chose si aisée aujourd'hui; on a pour cela les instruments les plus nombreux. Il lui est impossible de résister : un ministère ne tient pas contre la Chambre des députés; une loi ne tient pas contre les pétitions. Ressources, moyens, armes, trésors, tout est dans les mains de la communauté.

C'est elle qui est réellement le pouvoir. Pourquoi court-elle après une Égalité chimérique, au lieu d'établir une Liberté puissante, avec une forte Hiérarchie? On peut tout attendre d'une nation fière, mais de bon sens, qui sait la nécessité d'une discipline, qui préfère la liberté à l'égalité, qui se soumet à la hiérarchie, qui obéit. Le besoin de l'égalité, au contraire, triste mensonge, remplit l'âme de fiel. Richesse, talent, activité, persévérance, bonheur, chance, beauté; rien n'est égal dans le monde. La fureur contre l'inégalité est une des plus fausses et des plus mauvaises passions de l'homme; elle va contre la nature même. Le sentiment de l'égalité, isolé de celui de la liberté, ne produit que des esclaves frémissants, les pires des esclaves, haïssant leurs maîtres et se détestant entre eux.

Les vieilles institutions de l'Angleterre étaient contraires à l'égalité, sans doute. Elles fondaient l'aristocratie, mais elles consacraient un précieux et inestimable trésor, la liberté d'action chez l'homme, la dignité de l'individu, son énergie propre. J'aime mieux voir les comptes des corporations municipales de l'Angleterre un peu moins bien alignées, ses chiffres un peu moins exacts, ses protocoles un peu moins bien formulés, et la Municipalité elle-même conserver toute la dignité populaire qu'elle représente, et que la féodalité lui a léguée; rendre des décrets souverains; accorder aux troupes du roi, si bon lui semble, la permission d'entrer dans un bourg, ou même fermer au roi la porte de sa ville. Là, dans cette école municipale, se forment des hommes excellents pour les grandes affaires : ils savent comment on fait mouvoir les masses, comment on entreprend de grandes choses utiles; ils apprennent à gérer leurs affaires privées et les affaires publiques. La même observation est applicable aux communes de l'Amérique du Nord. Qu'on ne s'y trompe pas, tout ce que les États-Unis ont d'excellent émane de l'antique Angleterre. Moins habiles d'abord que nos conseillers municipaux, ces Américains des frontières, souvent grossiers, finissent par concevoir des travaux d'utilité publique admirables. M. de Tocqueville, qui approuve ce système et blâme le nôtre, a bien raison. Les *fueros y libertades* de l'Espagne ont résisté aux siècles et conservé la dernière étincelle de la flamme héroïque, qui, mal employée aujourd'hui, trouble cependant l'Europe. En Angleterre, l'esprit de corporation, d'association, le génie des affaires a présidé à toutes les phases de la vie nationale. Grâce à une perpétuelle enquête, à la plus active surveillance des communs intérêts, le gouvernement a pu marcher à de hautes destinées, s'occuper de politique extérieure, et tirer profit des situations les plus constamment périlleuses. Dans la dernière crise, cette prudence héréditaire a seule protégé le trône et le peuple : on a compris l'intérêt commun, et le soubresaut fatal des révolutions récentes s'est amorti. Chez nous, les petites passions et les petites vanités de la société défunte se combattent encore sur le berceau de la société qui veut naître. Nulle éducation politique; point d'esprit de corporation; nul groupe social; les franchises municipales méprisées ou oubliées; l'aristocratie méprisée; nulle éducation industrielle; peu d'éducation commerciale. Des capitaux nombreux s'emploient mal. Des industries actives pourraient et devraient engrener leurs rouages pour le bien commun; elles se traversent et s'entravent; faute d'accord, elles suspendent leurs mouvements réciproques.

Un incendie est venu compromettre un grand nombre de maisons de New-York; il fallait les aider pour qu'elles pussent se relever; seconder leur énergie nouvelle; prouver qu'entre le commerce anglais et américain la solidarité existe. Les premières maisons de Londres ont compris cette nécessité; générosité ou prudence, sympathie ou politique, la chose s'est exécutée. Le pacte d'alliance a été scellé entre l'Amérique et l'Angleterre commerçante. C'est là faire ses affaires. En France, dans de telles circonstances, les écus sont verrouillés à double tour dans le coffre-fort. Conduite maladroite! Dans un pays où la flamme vient de détruire un million de produits de librairie et de ruiner plusieurs individus, les huit cents honorables libraires de la capitale ont-ils eu le courage de se réunir pour faire cause commune, pour relever leurs frères des sinistres qu'ils venaient d'éprouver? Je l'ignore, et je le désire plus que je ne l'espère. L'étroitesse des spéculations tue l'industrie. Il eût été facile, en se réunissant, d'abattre le foyer de contrefaçons de Bruxelles, de s'établir à la fois éditeurs à Bruxelles et à Paris. On a essayé : mais on s'est brouillé; le Belge s'engraisse des communes dépouilles. Que font les Anglais pour l'Amérique, foyer actif de contrefaçons? ils vendent leur copyright; ils ont des succursales ou des agents à New-York, à Boston, à Philadelphie; ils tirent double moisson de leurs produits, et les auteurs doublent leurs gains. Le désir du gain n'est pas rare en France : mais il a rarement recours à ces utiles et généreux moyens.

Ces faits sont le résultat logique et inévitable de la vie antérieure de la France. En 1789, elle rompit violemment avec son passé; elle est entrée dans une carrière inconnue; pour y réussir, des qualités nouvelles lui deviennent maintenant nécessaires. Nous ne répondrons rien à ceux qui, armés d'un patriotisme niais, nous accuseraient de rédiger un plaidoyer contre le pays. Dans son existence de monarchie pure, la France a frayé la route de la civilisation et brillé de toutes les gloires : mais qui aurait pu lui apprendre le pénible métier de se gouverner soi-même? Aucune divination ne remplace l'expérience. A son insu, elle demeure encore sous la loi de ses anciennes mœurs! Il lui faut encore un gouvernement protecteur, des subventions, des secours, des brevets, des autorisations, des monopoles. Le propriétaire de troupeaux veut être protégé pour vendre sa laine à un prix très élevé. Le fabricant de draps veut être protégé pour acheter ses laines bon marché, et vendre ses draps aussi cher que possible. Écoutez le filateur; les machines anglaises qu'il veut employer doivent être exemptes de droits, et les cotons filés étrangers doivent être prohibés. Que faire quand on est gouvernement? Accorder ces intempestives demandes, c'est mal gérer; les repousser, c'est être haï. Contre cette lutte d'égoïsmes, qui n'ont pour centre qu'eux-mêmes, le consommateur devrait seul être protégé; il est seul abandonné; on l'oublie; il paie triple tous les objets qui lui sont nécessaires. Des lois, on en fait beaucoup. Qui changera les âmes? qui viendra donner la leçon aux commerçants, et leur apprendre que leur intérêt réel est souvent le sacrifice de l'intérêt apparent. On a vu le commerce se précipiter dans le piége des jeux de hasard, que la ruse déguisait sous le nom de primes; on l'a vu, lui, dont la patience et la circonspection sont les bases, oublier que l'espoir d'un lucre incertain, espoir oisif et dépravé, sans activité, sans travail, sans mise de fonds, sans gestion, au moyen du seul jeu des chances, est destructeur du négoce véritable.

Il y a plusieurs années, une masse d'argent énorme est allée se perdre dans la construction des filatures de coton. Sans ouvriers habiles, sans savoir quels débouchés pourraient trouver ces marchandises, on s'est mis à filer le coton. Les manufacturiers ont été punis de leur imprévoyance par la ruine. De 1825 à 1827, de nouveaux quartiers, sortis de terre par enchantement, ont agrandi et étonné Paris. Croyait-on que sa population allait doubler en six mois? Les constructeurs ont été ruinés; leurs bâtisses apparaissent encore au voyageur comme les débris de Pompéia. On a creusé des canaux: ce sont des impasses; ces canaux ne relient aucun ensemble, ne se rapportent à aucun centre commercial ou industriel. On veut faire aujourd'hui trois chemins de fer pour aller de Paris à Versailles; à Versailles, où quelques curieux se rendent; à Versailles, sans commerce et sans industrie; à Versailles, grand par ses souvenirs et son vieux palais. Les deux grands moyens de locomotion intérieure, les chemins de fer et les bateaux à vapeur, ont-ils atteint le degré de perfection que l'Angleterre et surtout l'Amérique leur ont donné? Sur les trois ou quatre échantillons de chemins de fer qui existent en France, un seul fournit des dividendes; les constructions ont été partout si vicieuses, les calculs si fautifs, qu'ils n'offrent que des pertes.

L'Amérique possède aujourd'hui six cents lieues de chemin de fer en activité, et l'Angleterre trois cents: on voit que la différence, quant aux lignes de parcours et quant aux résultats, est immense. La France fabrique admirablement bien beaucoup d'objets, mais elle ne songe guère à s'assurer des débouchés. Parmi les négociants, combien peu connaissent les véritables besoins de leurs consommateurs du dehors? Les Anglais envoient leurs agents en

Afrique et dans l'intérieur de l'Inde; ils les chargent d'étudier les mœurs et les usages des peuples; puis, sans s'inquiéter beaucoup de la grâce du dessin, de l'élégance des formes, ou même de la qualité de l'étoffe, ils fabriquent ce que l'on veut et ce qui se vendra. Ils satisfont le besoin de leurs chalands; ils se prêtent à leurs caprices, à leurs exigences : ils réussissent. Nos belles impressions de Mulhausen, nos riches brochés de Lyon, nos modes élégantes et pleines de goût, nos souliers de satin, confectionnés à Paris, ont la vogue dans tous les salons de Londres, comme de Calcutta, de Boston et de Rio. Cela est vrai; mais comptez les consommateurs, et comparez leur nombre à celui des pauvres hères, à ces millions de pêcheurs, de planteurs, de défricheurs, de marins, de matelots, d'artisans, qui ne portent que de la cotonnade et de la bure. Réunissez les quelques centimes de bénéfice que l'on peut faire sur chacun de ces vêtements bon marché : additionnez; et comparez le total avec les 20 ou 50 francs par robe que nos commerçants peuvent réaliser. De quel côté penche la balance? A Buenos-Ayres, nous fournissons des éventails et des peignes en écaille à toutes les merveilleuses des Alamedas; les Anglais fournissent le *puncho* aux Gauchos et la *manta* aux Péons.

Les articles de luxe, s'adressant à une masse plus restreinte, rapportent nécessairement beaucoup moins; et le but du commerce, c'est de produire. Les cachemires français, quelle que soit leur beauté, ne sont pas pour nous une source de richesses équivalente au travail et aux capitaux que ce labeur absorbe. Depuis un temps immémorial, les habitants du Caboul et de la vallée du Cachemire fabriquaient des tissus précieux; la main-d'œuvre était à bas prix; la matière première se trouvait pour ainsi dire sous les pieds. Les Français ont voulu imiter ce travail, asservir leurs ouvriers à un labeur mécanique; assimiler l'Européen sensuel, actif, exigeant, à l'Hindou qui ne vit que de riz, et qui est heureux de gagner deux sous par jour. Ainsi en France, où un travail intelligent et soutenu peut rapporter 4 francs par jour, nos ouvriers élaborent péniblement des copies aussi bizarres que le sont les dessins hindous originaux. Cette production de cinq à six millions de francs, lutte sans but, été couronnées de succès; nos ouvriers ont fait aussi bien que les parias de l'Inde.

Les spéculateurs britanniques, au contraire, ont vu que les fabriques indiennes, même celles du Caboul et du Cachemire, ne pouvaient pas livrer les cachemires à un prix assez faible pour que ces derniers se trouvassent à la portée des basses classes, des classes nombreuses, qui individuellement consomment peu, mais dont la consommation, prise en masse, est immense. Le riche est partout en minorité : il veut des objets de luxe; ces objets sont chers, il marchande souvent et paie tard; il n'est pas assez nombreux pour favoriser une grande production. Les Anglais se sont donc mis en mesure de desservir le peuple proprement dit, la majorité. Ils ont imité, par l'impression, avec du coton et de la laine, de fort mauvais petits châles de cachemire. En moins d'un an, la Perse, le Caboul, le Kurdistan, les Khirghiz, le Cachemire même, ont été assaillis de millions de petits châles : pas une femme des dernières tribus qui n'ait eu son châle d'imitation, pas un esclave qui n'ait enveloppé sa tête d'un cachemire, pas de chamelier qui n'ait pu s'en faire une ceinture; en moins de deux ans, plus de 20 millions de francs de ces produits ont été absorbés. Nous aurions dédaigné ces moyens; l'agrément nous charme encore; fidèles à la vieille sociabilité de notre monarchie, les articles de luxe nous séduisent; c'est à leur production que notre talent se consacre. Inimitables sous le rapport de l'élégance et du bien-faire, nous laissons loin derrière nous les Allemands et les Anglais, qui ne peuvent rien opposer à nos belles impressions de l'Alsace et à nos étoffes brochées de Lyon. Le système des échanges est à peine compris chez nous : souvent une extrémité de la France réclame vainement les produits dont elle a besoin, et qui, inutiles à l'extrémité du pays, attendent le consommateur. Ces vins, dont le Midi ne tire aucun parti, se placeraient avantageusement dans nos provinces du Nord; ils n'y pénètrent qu'avec peine, et se vendent plus cher à Lille, à Strasbourg et à Paris, qu'à New-York, à la Guadeloupe ou à Calcutta.

A mesure que l'on creuse les entrailles de ce sujet, si intéressant pour nous et si peu connu, on s'effraie des faits que fait naître une mauvaise éducation politique; on voit ce mélange d'une démocratie mal comprise et d'un vieux levain de servilité nous entraîner sans cesse dans le ridicule. Ces menus détails, que la Chambre des Communes anglaise a soin de laisser aux comités d'enquêtes, aux comités des voies et moyens, et dont elle rougirait de surcharger ses séances, la Chambre des députés se les attribue : nous l'avons vue verser une pluie d'éloquence et une grêle de chiffres pour savoir si les singes étaient bien logés au Jardin-des-Plantes, si la volière était convenablement exposée, et autres questions de même valeur. Que dirons-nous de la tendance misérable de nos représentans et d'une grande partie de nos concitoyens, à ravaler l'Intelligence, à lui disputer le prix de ses travaux, à l'appauvrir sans cesse, au risque de ravaler la patrie? Quelle position occupe aujourd'hui au milieu de la société l'homme qui n'excelle que dans les travaux de l'esprit? Il faut qu'il devienne, pour se classer, homme politique, bureaucrate, manufacturier ou spéculateur. L'exercice désintéressé de l'intelligence pure, quelque noble qu'il soit, quelque gloire qu'il répande sur la France, conserve à peine une obscure place aux pieds de la Finance radieuse et du Crédit politique; encore cette place, on est prêt à la lui disputer. L'Allemagne se montre plus généreuse : *Gœthe*, *Jean de Muller*, *Hammer*, *Schlegel* et *Tieck* sont honorés comme s'ils étaient nés dans la pourpre. Peuple intellectuel par excellence, ce que nous négligeons le plus souverainement aujourd'hui, c'est l'Intelligence. Elle n'est reconnue que si elle devient athlète et monte sur la scène politique. Alors elle est redoutée et s'empare violemment de sa place. Reconnaître l'intelligence pure, et l'honorer comme telle, abstraction faite de son action matérelle, serait plus noble et plus digne de la France.

Mais un amas de petitesses pèse encore sur le génie français, voué jusqu'ici à la gloire et à la guerre : il a fait à peine quelque pas chancelants dans la science des intérêts positifs. La tendance démocratique suscite une foule de vanités et de jalousies nouvelles, qui se surajoutent aux vanités et aux jalousies d'autrefois. Ce qu'on redoute le plus, c'est l'aristocratie : je ne conçois pas de grand commerce sans aristocratie, sans existences puissamment fondées, sans quelques grands centres de vitalité. Si vous morcelez les propriétés et la fortune ; si vous réduisez en parcelles les entreprises et les intelligences ; si vous fractionnez le monde moral et physique ; si vous réduisez tout à l'étroite mesure des individualités ; vous obtiendrez une petite monnaie courante, jamais de grosses pièces d'or et de lingots. Dans les vastes] entreprises, l'ordre, la distribution des forces, la division du travail, s'opèrent mieux et avec plus d'avantage que dans les petites usines ; cependant, en France, c'est toujours par le morcellement qu'on procède. Le pays républicain par excellence, l'Amérique, sent toute la valeur des masses. Là se fait un mouvement immense de civilisation industrielle ; là se trouve, en face d'une démocratie puissante, une aristocratie spéciale, celle d'un terrain illimité que l'on exploite avec grandeur. Tout ce qui est mesquin est ruineux. Par les grandes entreprises, les ressorts se simplifient : par le morcellement des petites entreprises, la dépense de mise en œuvre est doublée. Le commerce lui-même est aristocratique. Le brasseur qui récolte le houblon sur ses propres champs, qui emploie ses chevaux pour le transport, qui fait sa bière dans une cuve de deux cents pieds de diamètre, qui nourrit et élève dans ses pâturages les races de chevaux massifs dont il a besoin ; qui distribue ses produits dans les cinq parties du monde ; ce suzerain, d'une partie du commerce, livre à meilleur marché, paie mieux ses ouvriers, donne une meilleure liqueur, fait une plus grande fortune, est plus utile au pays que s'il possédait une petite culture et une petite usine, assorties à une petite clientelle.

Evaluez par des chiffres ce que possède la France et ce qu'elle pourrait produire, vous verrez combien elle reste au-dessous de ses ressources. Son agriculture produit quatre milliards : le savant agronome et statisticien M Matthieu de Dombasle affirme qu'elle pourrait en produire plus de dix, si les terres étaient convenablement réparties ; si les amendements nécessaires étaient introduis ; si un système rationnel remplaçait l'empirisme ; si la lèpre des jachères disparaissait partout ; si les grands propriétaires accordaient à leurs fermiers des baux de plus longue durée ; si les capitalistes, au lieu de consacrer leurs fonds à enclaver dans leurs propriétés des forêts existantes, les affectaient à peupler d'arbres les versants de nos montagnes aujourd'hui stériles, à planter les landes, à dessécher les marais. Même observation quant à l'industrie. Dans les nombreux rapprochements que M. Léon Galibert a faits entre l'industrie française et celle de la Grande-Bretagne, ce jeune économiste politique, remarquable surtout par la sagacité pratique et l'utilité applicable de ses observations, a constaté qu'un tiers seulement des forces productives de la France était convenablement employé. En général les moteurs sont insuffisants, les machines mal entretenues, les ouvriers inappliqués. La division du travail s'opère imparfaitement : il est rare que les capitaux se trouvent en rapport avec l'importance de l'entreprise. Les machines à vapeur qu'emploie aujourd'hui la France ne représentent pas une force de plus de quinze mille chevaux : celles de la seule ville de Birmingham équivalent à deux mille chevaux ; Manchester en a plus du double, ainsi que Newcastle ; la puissance totale de la vapeur employée en Angleterre dépasse la force de cent mille chevaux, et remplace plusieurs millions de bras. Mais aussi, quels résultats ! les produits manufacturés, exportés par la France, s'élèvent à peine à 400 millions. La valeur de ceux de la Grande-Bretagne dépasse *douze cents millions de francs.*

Ne louons de la Grande-Bretagne que ce qui est louable : je sais quels reproches on peut adresser à ses mœurs, à son industrie, à son aristocratie ; mais enfin, en Angleterre, un lord est un agriculteur ; il hasarde de nouvelles cultures ; introduit des plantations inconnues ; ne se contente pas de faire peser son aristocratie ; il veut la faire bénir. Pas de perfectionnement agricole qui n'ait eu pour promoteur un noble. Sa grande existence est une source féconde où tout ce qui l'environne va puiser : il a ses parcs, ses chasses, ses réserves, sans doute ; il mène une noble vie ; il est peut-être inexorable pour le braconnier ; mais il sait qu'il a des droits à remplir, et la vigilante taxe des pauvres est là pour les lui rappeler. Nos idées démocratiques exercent-elles la même influence ? Le système populaire, en permettant à quelques hommes de s'enrichir, n'aboutit qu'à rendre ces riches odieux au peuple. Maîtres de l'argent qui fait tout et qui est tout, ils absorbent, mais ils ne rendent rien ; ils envahissent au moyen de l'or, et l'État s'appauvrit de leur opulence.

Pour parer à tout, je sais qu'on a grande confiance en deux choses : la forme du Gouvernement représentatif, et la Presse. L'un et l'autre appellent la discussion, et multiplient les débats ; je ne leur attribue pas l'influence toute-puissante dont on se plaît à les doter. Les inconvénients qu'entraînent ces deux institutions ont besoin d'être corrigés par de fortes habitudes d'organisation sociale. Le gouvernement représentatif, c'est la critique sur le trône ; et la presse, c'est la critique de la critique. Pour contrepoids à l'un et à l'autre, il faudrait un esprit municipal bien constitué, et une moralité sévère. Le contrôle exercé par les Chambres coûte plus, à lui seul, que les gouvernements absolus ne dépensent pour l'exécution de grands desseins. Il est peu rationnel de parler d'économie, et de tout dépenser pour se critiquer soi-même ; un propriétaire doit-il sacrifier au plaisir de bien tenir ses comptes, 5 millions sur 6 qu'il possède ? Une nuée d'employés, avec de minces appointements, sont les teneurs de livres de l'État ; ils font mouvoir des rouages nombreux et compliqués. Quels résultats donne cette machine qui coûte si cher ? Le budget de nos quarante mille communes, budget qui ne s'élève pas souvent à 200 francs, est parfaitement en règle ; les comptes sont arrêtés, à un centime près. Le maire, le conseil municipal, le sous-préfet, le conseil-général, le préfet, les commis du ministère, les chefs de bureaux, les chefs de divisions, le ministre la Chambre des pairs, celle des députés, s'efforcent d'arriver à la répartition de quelques centimes additionnels, ou à la révision de quelque dépense municipale. Dans nos communes rurales, les vingt capacités de chaque endroit sont à peine jugées capables de tracer un chemin vicinal, de jeter un pont, de creuser un abreuvoir, d'étayer un clocher chancelant.

Osons parler de tous les pouvoirs comme nous pensons d'eux. Ne redoutons pas même la Presse, cette compagne inséparable du gouvernement représentatif. Il semble qu'elle représente la supériorité intellectuelle. Erreur : elle ne représente que la masse et son degré moyen d'intelligence. On dirait en vérité que tout ce qui s'imprime est excellent et produit un effet réel sur le public. On dirait qu'une vérité, pour être acceptée, n'a besoin que d'être publiée. Cela n'est pas. Tous les grands écrivains, sans exception, ont été en dehors, en avant et au-dessus de leur siècle ; ils ont lutté, souvent avec désavantage ; la presse contemporaine les a battus et ruinés autant qu'elle a pu : Bacon, Montesquieu, Montaigne, Locke, dictèrent l'opinion de l'avenir sans doute, non celle du présent. La presse en général, c'est la médiocrité de l'intelligence en lutte avec les supériorités nécessairement excentriques. La lumière qui dirige les peuples est odieuse quand elle se montre ; si elle ne contrariait aucune habitude, elle ne serait plus utile. Il est vrai que les intelligences se révèlent par la presse, et combattent au moyen de cette invention ; quelque jour la supériorité l'emporte. Mais considérée abstraitement et en elle-même, dans son action présente, politique, de chaque jour, la Presse n'est qu'un moyen de transmission ; elle communique le bien, elle propage le mal ; elle est féconde comme l'air vital ; elle peut devenir peste. Par elle-même, elle n'est ni salubre, ni bienfaisante ; quatre-vingt-dix mille journaux ne sauveraient pas un peuple, de même que quatre-vingt dix mille canaux ne féconderaient pas un territoire. Si l'eau que ces canaux distribuent est salubre et bonne, si les canaux sont bien distribués, elle va répandre la santé, la vie, le commerce, le bien-être, la richesse ; s'ils sont chargés d'un liquide délétère, ils répandront la mort. Quand nous avons parlé des routes et des canaux comme d'admirables moyens de civilisation, nous avons demandé que ces routes et ces canaux fussent reliés, centralisés, disposés avec intelligence, sous peine de manquer leur but. Il en est de même de la presse, gigantesque moteur de la civilisation intellectuelle. Pour créer une presse virile et noble, créez un peuple noble et viril. Si vous exceptez ces hommes rares et sublimes qui dirigent la pensée publique en luttant avec elle, les talents même qui desservent la presse vont puiser leurs idées dans un grand réservoir, qui est l'opinion ; se constituer la pensée publique, c'est sa condition d'existence, l'activité de la presse ne se consacre qu'aux idées et aux penchants d'un peuple. Imaginez un pays de commerce, vous aurez dans les journaux des nouvelles commerciales de tous les pays ; on vous dira quelle influence le temps exerce sur la récolte de la Chine et d'Odessa ; la sécheresse du Gange, le débordement du Nil. Dans un pays indolent comme l'Italie, des billevesées d'archéologie et de poésie morte ; dans un pays déchiré par les partis, des combats de paroles sans fin. Entre la presse et le public, il y a toujours action et réaction : elle est le pilote, si vous voulez ; mais d'avance la route qu'elle doit suivre est tracée.

Quand la presse a le droit de tout dire, il faut que les hommes qu'elle endoctrine aient le talent de tout discerner ; plus elle étend son action, plus elle exige chez le lecteur une capacité de jugement inébranlable, un sens droit et vigoureux. C'est une invincible loi des choses humaines, que chaque nouvelle liberté demande pour contrepoids une vertu ; chaque droit nouveau oblige à un nouveau devoir.

Je doute d'ailleurs que la presse française ait acquis le degré d'influence auquel elle prétend. A Londres, le soir et le matin vingt journaux paraissent, tous satisfaisant des curiosités diverses, des espérances contradictoires, la plupart florissants, malgré la pesanteur des taxes qui les écrasent ; tous d'un format énorme qui exige des frais proportionnels. Un journal français peut seul par son importance et ses abonnés rivaliser avec ces publications anglaises. Là bas, chaque revue influente constitue en Angleterre un petit ministère ; l'*Edinburgh* représente les Whigs. Le *Quarterly* est la plus éloquente tribune de l'aristocratie. Les *Magazines* s'entourent d'une considération secondaire, mais très enviable. Quelle différence entre le nombre des lecteurs de France et d'Angleterre ! Une bonne revue anglaise compte es abonnés par milliers ; une bonne revue française, par centaines. En France, les écrivains sont fugitifs et mobiles ainsi que les lecteurs. Instables comme leur pays, ils se groupent rarement autour d'un centre ; leur existence intellectuelle est nomade ; ils sont toujours prêts à changer de drapeau, de même que le lecteur est prêt à se laisser séduire par un nouveau titre. Nulle consistance de part et d'autre. Toute bonne famille anglaise a ses journaux à elle, et ses revues de fondation ; une confiance mutuelle s'établit entre l'écrivain et le lecteur : l'un appartient à l'autre. L'union est sincère. Ainsi se groupent les hommes ; ainsi l'exercice de la pensée devient un élément utile, une puissance de fondation et d'organisation, au lieu d'être un élément de destruction.

Grâce à cette stabilité, à cette solidité, à cette masse de lecteurs fidèles et d'écrivains fidèles, les revues anglaises jouissent, en Europe, en Amérique, en Australasie, même en Orient, d'une consistance et d'une considération qui tiennent souvent, il faut le dire, bien moins à la puissance du talent, qu'à leur existence aristocratique, à leur prépondérance acquise. Un article médiocre du *Quarterly* retentit dans l'Europe. Nos intelligences sont, en France, plus étendues, plus faciles et plus vastes ; le placement des produits de nos intelligences est mal entendu. Le nombre et l'éclat des talents disséminés n'aboutissent à rien de central ; tout s'éparpille ; les talents sont actifs parmi nous, mais incohérents ; ils sont ambitieux, mais sans liens ; ils sont ardents, mais sans tenue et sans but commun. Le lecteur leur donne l'exemple ; il ne sait ce qu'il veut ; il demandera des remèdes ou du désennui à la première publication qui lui apportera des promesses et un nouveau titre.

Mais, dira-t-on, les revues anglaises sont fondées sur l'aristocratie, et l'aristocratie nous est en horreur. J'en conviens ; il y a de l'orgueil, et une individualité égoïste dans cette habitude anglaise qui ne veut pas qu'un riche prête sa revue à son voisin, qui la réserve pour le propriétaire et pour lui seul, comme on garde ordinairement sa femme ou même son cheval. Mais aussi cette habitude témoigne plus de considération pour soi-même, et des d'appétits intellectuels plus développés : on ne veut pas admettre chez soi le livre souillé par les mains du cabinet de lecture ; et l'on est aise de procurer à sa famille une lecture agréable, variée, actuelle. Pas de petit *cottage* qui ne possède sa revue Tory ou Whig : c'est le *Fraser*, le *Blackwood*, le *London*, le *Monthly*, le *New-Monthly*, le *Sporting Magazine*, l'*Horticultural*, l'*United Service*, l'*Asiatic*. La ville d'*Edinburgh* consomme 1,200 exemplaires de revues; *Glasgow*, 2,000; *Belfort*, en Irlande, 500; chaque régiment a sa bibliothèque, et reçoit les revues. Dans l'Inde, un chameau ou un éléphant sont affectés au transport de la bibliothèque spéciale du bataillon, et un sergent porte le titre de bibliothécaire. En France, au contraire, la belle duchesse, la femme du banquier, ne rougissent pas d'envoyer quérir chez le bouquiniste un livre sali, flétri par l'usage, une revue qui a six mois de date, et sur laquelle les habiles du lieu ont consigné au crayon leurs remarques esthétiques. Dans nos salons et nos maisons de campagne, peu de livres, peu de revues, peu de gravures, étalés, comme à Londres et dans les châteaux anglais, sur les tables de marbre et les chiffonniers de palissandre. On vous offre pour menus-plaisirs le piano, le billard, la promenade, le bateau ou la balançoire; toutes les récréations et tous les amusements du corps : l'esprit devient ce qu'il peut. O France intelligente!

En Angleterre, l'homme du monde aime les livres; il en fait collection, les relie magnifiquement, et se plaît à montrer dans sa bibliothèque les cent volumes du *Quarterly*, de l'*Edinburgh*, recueils encyclopédiques des immenses débats du XIXe siècle. Les Grecs entendaient par *aristocratie* la « domination du mieux. » Sans elle, où sont les arts? où sont les vastes industries? où sont les colossales entreprises? Que faire de grand et de puissant, si l'on ne trouve quelque part ces vastes lacs d'argent et de considération où l'on peut puiser sans craindre de les mettre à sec?

Que l'on ne cite pas l'exemple de l'Amérique septentrionale, toute neuve encore et dominée par l'aristocratie de la nature : dans un tel pays, l'homme est encore bien petit en face de si vastes domaines et tant de richesses inconnues ou inexploitées. La constitution définitive de l'Amérique septentrionale ne datera que de l'époque où l'exploitation totale se trouvera accomplie. Elle n'a pas achevé sa charpente : la France a détruit la sienne : elle a été (si je puis me servir de ce mot trivial) désossée par la révolution : toute comparaison entre les deux pays est donc oiseuse et ridicule. Si les Américains continuent l'excellente éducation des *affaires* dont les Anglais leur ont fourni les éléments, on peut croire qu'ils dépasseront leurs pères : car toute la puissance d'action du monde civilisé semble destinée à se transporter chez eux dans un ou deux siècles. Pendant que l'Europe se décompose, l'Amérique se compose. Mais notez bien qu'elle-même, en s'établissant, devient aristocratique; elle aspire chaque jour davantage à la distinction des rangs; elle s'éloigne constamment de notre égalité chérie. N'a-t-elle pas reconnu et constitué une aristocratie du commerce, la plus ridicule de toutes? Le négociant en gros, celui qui vend une barrique de sucre, ne fraie plus avec celui qui vend en détail une livre ou une once de café. L'armateur fait blasonner des navires dessinés et peints sur les panneaux de sa voiture : nulle liaison entre le petit épicier et le riche banquier; seize quartiers les séparent; ils sont plus loin l'un de l'autre qu'un évêque ou un duc n'est éloigné d'un banquier d'Europe.

En France, facilité de conception, rapidité de travail, aptitude au perfectionnement : mais aussi isolement de forces, défaut de centre, défaut de persévérance, défaut de principe; un laisser-aller indéfinissable, nulle prévoyance pour assurer les chances à venir. On devrait commencer une entreprise avec deux capitaux : en France, souvent un demi-capital suffit pour tenter l'entreprise. On croit trop que l'esprit des affaires, c'est l'audace; mais l'audace sans l'esprit de suite, sans la force morale, sans la foi à la parole, sans l'esprit de combinaison, c'est la folie.

Notre nouvelle France a besoin d'un sérieux, d'une gravité, d'une patience que la monarchie ancienne remplaçait par l'éclat de ses grâces, de ses vertus et même de ses vices. Il nous faut *l'esprit des affaires*, le génie de l'association, l'art de pourvoir aux communs intérêts.

La futilité va bien aux petites choses, elle est incompatible avec les grandes. Le hasard pouvait convenir aux marquis joueurs; il fait honte au commerçant : aucune mobilité capricieuse ne doit se mêler à la stabilité du commerce. Pourquoi ces vastes espérances suspendues dans le vague? Défier une chance incertaine, c'est donner au sort l'influence que devait obtenir le travail. Les chimères les plus romanesques sont présentées comme certitudes : on fonde des concurrences sur la pointe d'une aiguille; et la politique du charlatanisme cherche à faire passer cette fondation chétive pour une base solide. Mais introduisez le mensonge dans le commerce, vous le tuez; le crédit, c'est la foi.

On simule ou l'on imagine des gains impossibles; on établit des supputations illusoires; on tait les dépenses nécessaires. Magnificence des promesses, fausseté des déductions, mensonge des chiffres, on n'oublie rien. Une masse de capitalistes est entraînée; on les force de s'asseoir sur ces appuis insoutenables. Puis on attend le moment où ces bases crouleront, où il faudra mettre à nu la misère de ces grands desseins. En attendant, *un peut-être* soutient et avive les espérances : le même *peut-être* qui anime le joueur. Chacun se fie au bonheur et croit à son étoile : si la chance tournait bien! L'espoir fait battre le cœur : la fortune incertaine brille aux yeux déçus. La vie est une loterie, la société devient un grand tapis vert.

Quelle douleur et quelle honte, si l'on n'avait détruit l'aristocratie de noms héroïques et les prestiges de vieux blasons que pour fonder une aristocratie de joueurs; si l'on n'avait renversé la vieille hiérarchie que pour avilir l'intelligence; si tout ce qui est grand et généreux s'affaissait; si tout ce qui est équivoque et grossier était destiné à prévaloir; si la brutalité du hasard, jointe à la brutalité du gain, devait remplacer le pouvoir de l'esprit, celui des souvenirs et celui des femmes qui rendaient la monarchie absolue si spirituelle dans ses travers, et si brillante dans ses abus! Cela ne peut être. La France est un corps souple et énergique, doué d'une élasticité incomparable; il se plie à tout et se relève toujours. Mais plus il y aura de voies hardies, de conseillers fidèles, d'avertisseurs courageux, moins elle sera lente à retrouver les voies de l'organisation sociale. Observateur, et non sermonaire; sincère, et non cynique; en affirmant que l'esprit des affaires n'a jamais été celui de la société française, et que seul il peut la sauver, nous n'avons pas dit qu'elle fût incapable de s'y assouplir. En signalant les misères du corps social, nous n'avons pas nié ses ressources. En disant les risques du combat, nous n'avons pas révoqué en doute la grandeur de la victoire.

Exhausser les capacités; faire dominer l'intelligence; relever ou plutôt constituer l'esprit municipal; donner à l'instruction primaire une tendance religieusement morale; encourager tout ce qui est honorable labeur; donner la grande industrie, les expéditions bien entendues, pour but à l'activité nationale; indiquer les dangers des entreprises conçues avec étourderie, poursuivies avec négligence; placer à la tête de la société quiconque par la force de la pensée, la haute science, le travail intellectuel, tend à la reconstituer et à la grouper; préférer les supériorités sérieuses aux demi-savoirs et aux ambitions ardentes, mais inapplicables; favoriser les grandes cultures; sillonner les provinces les plus arriérées de routes qui aboutissent aux foyers civilisateurs; rendre les échanges et les communications plus faciles; jeter la considération et l'honneur sur les professions mécaniques qui manquent de sujets, tandis que les carrières prétendues libérales s'encombrent de médecins sans malades, d'avocats sans procès, et de peintres sans commandes; combattre l'indifférence universelle, l'apathie morale, mêlée de cupidités violentes; détruire par de grandes récompenses offertes à de grands travaux, cette grande fatigue de l'adolescence qui semble naître épuisée, comme si elle portait le poids de toutes les vieillesses et de toutes les générations passées: c'est l'immense tâche de ceux qui gouvernent. Rien de plus difficile, sans doute; mais rien de plus grand.

---

www.ingramcontent.com/pod-product-compliance
Ingram Content Group UK Ltd.
Pitfield, Milton Keynes, MK11 3LW, UK
UKHW032026260826
14628UKWH00006B/2749

9 782019 693886